주점 타클라마칸

정용기

시인의 말

찔레꽃 향기를 저잣거리에서 싸구려로 팔아넘겼습니다.

되지빠귀의 환희를 울음으로 오역했습니다.

공짜로 챙긴 풍광이 어마어마했습니다.

그늘진 곳을 애써 외면했습니다.

용서를 빕니다.

2022년 11월

정용기

주점 타클라마칸

차례

2부 우두커니와 물끄러미 사이

3부 집도 절도 없는 봄

4부 출구는 어디쯤입니까

해설

1부

빗소리 몇 평쯤 들여놓고

슬하膝下

기꺼이 무릎 꿇게 만든 사람들이
드나드느라 닳고 닳아
여우비가 시큰시큰 몰려오는 곳

마중보다 배웅이 빈번하여
북서풍이 군락을 이루는 곳

쪼그려 앉은 채 얼굴을 묻으면
흐느낌을 받아먹고 퉁퉁 붓는 곳

고단하면 돌아가서 몸을 누이고픈
생의 아랫목

통영은 칠월에 도미회를 뜬다

통영 중앙시장 좌판에서 주문한 도미를
생과 사의 틈새에 날카로운 칼날을 집어넣고
나이 지긋한 아낙네가 이등분을 한다.

가지런한 등뼈가 드러나자
4번과 5번 척추뼈가 욱신욱신 저렸다.
바닥으로 흘러내리는 창자와 간과 부레,
지나온 길의 내력이 들통나고 말았다.
한 줌의 꿍꿍이속을 부레에 숨기고
속악하게 득실을 따져 가며 부침을 거듭했으니
저 비린내 나는 내장들도 어둠과 한통속이었겠다.
물에 씻겨 내려가는 비늘들,
겉으로 거들먹거리며 상스럽게 반짝거렸으나
한때는 봄꽃과 길동무를 청하였으리라.
방년 이십 세도, 불혹과 지천명도 다 빠져나간 곳
분홍빛 감도는 저 육질이 언뜻
도굴당한 쓸쓸한 유적처럼 느껴져
나에게 무덤덤하게 술잔 건네고자 했으나

지폐 몇 장에 한 접시로 요약되는 삶이 있느니

　그래도 동피랑 기슭에 피는 분분芬芬한 치자꽃이기
를 바랐느니

　먼 섬들을 거느린 근사한 항구이고 싶었느니.

오십견

이미 생의 중반을 훌쩍 지나 버린 거야.
그러니까 수평이 무너진 거야.

엊그제까지는
오른쪽에만 주로 무게추를 올려놓았던 거
오른쪽만 따뜻한 아랫목에서 거두어 왔다는 거
너는 알기나 하는 거야?
왼쪽을 늘 업신여기고 따돌려서 시르죽어 있었다
는 거
왼쪽은 그늘받이에서 눈칫밥 먹으며 견뎌 왔던 거
너는 알아챈 적이라도 있는 거야?

왼손으로는 이제 뒷주머니의 비밀도 꺼낼 수 없어.
머리 위로 치켜들어 희망을 부를 수도 없어.
차마 중심을 무너뜨릴 수 없어서 견뎌 왔던 결기가,
왼쪽 견갑골에 숨어 있던 저 질긴 울분이
이제 기우뚱 트집을 잡는 거야, 파업에 든 거야.

한쪽을 보태거나 덜어내도 소용없어.

오른쪽과 왼쪽은 애초에 연대보증을 섰으니

갈아엎기 전에는 중심 잡기 힘들어.

우리 삶에 세월이 자비를 베풀지는 않는 거야.

물그림자처럼 흘러가는 시간이란 없는 거야.

넥타이

넥타이를 매고 나는 출근을 하네
룰루랄라 룰루랄라

상큼한 향기를 엘리베이터에 남기고
발랄하고 가벼운 발걸음으로 출근을 하네
고층 건물과 가로수를 향해 착하게 인사를 하는
아침
그림자도 수채화 색조로 나를 따르네
때죽나무에 꽃이 피고 장미가 화려한 시절에는
꽃무늬 넥타이가 어울리겠지
바다가 목덜미를 간지럽히는 날은
코발트색 넥타이로 달래야 해
여미고 매듭지어야 하는 것들은
넥타이핀으로 자주 뒤쪽에 숨겨 두어야 하지
봉제선이 바늘땀을 벗어나지 않도록
남몰래 잡도리를 해야 하지
그런데 그림자마저 발밑에 짓눌리는 정오의 배후는
뭐지

마음의 운두를 흘러넘치는 정체불명의 아우성은 뭐지

　　난해한 무늬와 무거운 색의 오후는

　　내 삶을 뭉텅뭉텅 잘라먹고 엉덩이는 의자에 눌어붙네

　　저녁노을이 핏빛 아픔으로 척추뼈를 마디마디 타고 오르는 시간

　　아무리 매듭을 잘 조이고 섶을 여며도

　　조금씩 조금씩 새어 나오는 어둠

　　처방전도 없는 어둠이 에워싼 버스의 창에 갇혀

　　골똘하게 집으로 가네

　　룰루랄라 룰루랄라

　　넥타이가 내 목을 매고 퇴근을 하네

장마

하지 지나고 길고 긴 낮이 꼬리를 거두어 가는 시간
세종충남대학교병원 입구 벤치에 앉아 전화기 붙잡
고 길게 우는 여자,
늘어뜨린 빗줄기로 얼굴을 가리고 어둠을 오래 풀어
놓는 여자,
주어 서술어는 빗소리가 다 잡아먹고
기밀문서 펼치듯 다만 슬픔을 온몸으로 펼쳐내는 여
자,
매지구름 불러오는 저 울음의 막다른 골목에
축축한 슬픔을 가불하여 행랑채 한 칸 얻어 놓고
나도 물에 젖은 시간을 다스려 보는데
창유리에도 후드득후드득 굵은 빗줄기가 엉겨 붙는
다.

밤이 이슥하도록 쏟아지는 빗줄기에 떠밀려 창가에
서면
어둠 속에서 깜박이는 점멸등이 창유리에 얼비쳐 뭉
개지는데,

백화만발 봄날은 어디쯤에서 노닥거리고 있을까

알록달록 우산을 쓰고 세상을 나서던 가뿐한 발걸음
은 어디로 갔을까

번갯불 속에서 지나온 길이 언뜻 나타났다가 사라
지고

난간을 타고 오르던 덩굴장미도 넌지시 눈물을 훔
친다.

내 몸속까지 날개를 펼치고 짓누르는 장마전선,

고열과 두통으로 들쑤시며 스며드는 저 빗소리,

저것들의 배후가 도대체 무엇인지

한 방울씩 밤새 떨어지는 수액으로는 가늠하기가 쉽
지 않다.

장마는 시작되고 약방문은 없고

다만 축축한 마음으로 과속방지턱을 넘는다.

조종사

이순이 되었지만 나는 조종사가 되어
어느 날 한두 번쯤 비행기를 몰 것이다

서른을 넘긴 딸내미가 혹
소나무 같은 배필을 만나 혼례식을 끝내고
머나먼 남태평양 섬나라로 신혼여행을 떠날 때,
태풍을 만나지는 않을까
난기류에 휩쓸리지는 않을까
폭탄을 몸에 두른 테러범이 타지는 않을까
엉뚱한 곳으로 길을 잘못 들지는 않을까
세계지도를 펼쳐 놓고 밤새 걱정을 하다 말고
꿈속에서 직접 비행기를 몰고 남태평양을 건너서
야자수 즐비한 공항에 안전하게 착륙시킬 것이다
딸의 여권에 자그만 섬나라의 관리들이
입국 도장을 찍는 것까지 지켜보고 나서
4박 5일쯤 기다렸다 다시 태우고 올 것이다
눈 아래로 제주도가 지나가고
고군산열도가 왼쪽으로 펼쳐지면

고도를 낮추면서 랜딩기어를 내리고

살짝만 놀라게 활주로에 기체를 덜컹 내려놓을 것

이다

비행기 한두 번 이착륙하는 것쯤이야

1종 보통 운전면허증만으로도 충분할 것이다.

욕

랑탕 계곡 깊숙이 올라갔다가 내려오던 길
작은 냇물을 건너서 꺾어 도는데
여남은 살 먹은 사내아이 둘이
이방인에게 손가락으로 욕을 하고 꽁무니를 뺀다

생각해 보니
이 외진 계곡에 하등 도움이 되지 않은 채
먹고 자고 싸면서 쓰레기만 남겼으니,
히말라야 설산의 품에서 물그림자처럼 살아가는
그들의 궁핍을 얼핏 모독했으니
욕을 먹지 않았다면 나의 허물을
어찌 알아챘으랴
하여, 욕먹어도 싸다

욕도 가끔은 약이 된다

이화梨花에 월백月白하고

세브란스병원 암병동
발길이 잘 닿지 않는 한적한 계단참에서
동생이 준비해 간 떡을 앞에 두고
둘째 형님은 소리 없이 눈물을 훔쳤다
평생 만져 온 기계 뒤편의 어둠이
멀리서 몰려와 등을 다독거렸다

내려오는 길에 차창으로 배꽃이 줄곧 흘러갔고
밤에는 춘삼월 달빛이 환했다
은하수처럼 흘러가는 배꽃을 달빛은 밤새도록 읽었
겠으나
형님의 칠십 평생은 왜 환하게 비춰 주지 않는지,
뢴트겐 복사선이 읽어내는 가슴은
왜 거뭇거뭇 그림자가 지는지 애달팠다

소가죽 소파

어린 시절부터 부지런하고 온순했다
군말 없이 쟁기를 끌고 짐을 실어 날랐다
나를 눈부처로 들여앉혀 놓고 얼러 주기도 했다
가방끈이 짧은 부모는 공부 뒷바라지하라고
중소도시 하숙집까지 딸려 보냈다

수많은 계단을 거쳐 여기까지 온 것은 어느 정도 너
덕분이다
아파트 11층 텔레비전 앞에까지 따라와서
기대고 비비고 드러누워도 너그럽게 다 받아 준다
때로는 나에게 등을 내주고 산으로 바다로 데리고 다
녔고
드물게는 동남아로 히말라야로 태우고 다니기도
했다
비 오는 날에는 관절이 아픈지 끙끙 앓기도 하고
이제 집으로 돌아가자고, 하지 무렵이면 칭얼댈 때도
있다
저녁 시간을 되새김질하는 위층 친족의 소음에 귀를

기울이기도 한다

　나를 재워 놓고 한밤중에는 아무도 없는 거실에서

　통유리에 전생처럼 얼비치며 떠 있는 밤 풍경을 보면서

　흘러간 시간을 소환해 놓고 혼자 조용히 울다가도

　아침이면 온순한 표정으로 시치미 떼고 고요히 앉아 있는,

　초식성의 저 우직함

십리사탕

으리으리하던 면 소재지 오일장에서 알록달록 십리
사탕을 샀네
엄마 치맛귀 붙잡고 입안에서 굴리면서 집으로 가
는데
단번에 깨물어 먹고 싶은 충동을 꾹 참으면서 집으로
가는데
단맛을 야금야금 발라 먹으면서 집으로 가는데
내를 건너고 산을 넘어서 십 리 어림 집으로 가는데,

하늘은 푸르고 물은 맑아라
뭉게뭉게 피워 올리는 구름의 감언이설도 좋아라
발자국마다 피어나던 꽃들의 꼬드김은 황홀했네
쪼그려 앉아 들여다보는 냇물에 얼굴 흘려보냈으니
다소 뻔뻔하게 살아도 크게 거리낄 것 없어라
나풀나풀 휘날리는 치맛자락에 한눈을 팔기도 하고
하늘을 품고 바다로 흘러가는 강물의 그득한 물비
늘에
물멀미 앓는 날은 편지를 쓰고

측백나무 가지런히 서서 전송해 주는 역에서
청춘을 태워 보낸 기차의 꼬리는 길기도 하지
나날이 식탁을 차리기 위해 때로는 염치가 없었네
장마를 만나고 진창길을 지나기도 했는데,

그런데 나는 어디쯤 가고 있을까
뒤돌아보니 아득한 면 소재지는 작고 초라하기만
하고
십 리는 벌써 지나고
십 리를 수십수백 번은 지나고
사탕은 다 녹아 없어지고 엄마마저 없고
헛바늘 돈은 입속은 쓰기만 하여라

가도가도 상엿집과 당산나무숲은 안 나오고
가도가도 날은 저물고 집은 안 나오고
산그늘은 나를 야금야금 집어삼키고,

에이스 침대

침대는 가구가 아니라 배입니다.

침대가 나를 태우고 어디든 데려다줄 것 같아 간혹
설레었으나,
가슴속에 품은 날짐승 한 마리 난바다 쪽으로 자주
깃을 쳤으나,
밤마다 스프링은 출렁출렁 물결을 불러 모았으나
미필적 고의로 출항을 늦추어 왔다.
누군들 봄꽃 화들짝 피는 곳으로 가고 싶지 않으
랴만,
홍등을 내다 건 항구의 뒷골목에 오래 머물렀고
꽃무늬 이불이 유혹하는 황홀경에 누누이 발이 묶였
으며
밤마다 어둠이 깔아 주는 안온함에 닻을 올리지 못
했다.
즐비한 가로등이 등대처럼 때때로 불을 밝혀 주었
으나,
물결이 심하다는 핑계로 차일피일 출항을 미루었다.

수십 년이 훌쩍 지나가는 사이
번개가 치는 밤이면 악몽에 시달리고
언제부턴가 침대는 내가 돌아누울 때마다
소화되지 못한 파도 소리를 울컥울컥 게워낸다.
무릎이 시큰거리는 고질병을 얻은 것은
너무 오래 닻을 내리고 있었거나
조수간만을 만드는 달의 인력을 애써 외면했기 때문
이리라.
내가 내린 닻은 얼마나 깊고 무거웠나.
배는 시나브로 침몰하고 있는 중이다.
만경창파 이랑마다 꽃을 키우는 꿈이
간혹 달빛과 함께 문을 두드렸어도 좋으련만
서툴게 지나온 시간이 희망을 거두어들이는 중이다.

침대는 배가 아니라 가구에 불과했습니다.

편두통

너무 오래 햇살과 꽃과 열매에만 매달렸으니
그리하여 신발 뒤축은 바깥쪽으로만 허물어지네
어느새 내 몸은 추분 지나 동지로 향하고
반대로 자라나는 그림자는 등짝을 잡아채니
꽃철은 지나친 지 오래,
애써 외면했던 어둠이 몰리는
내 몸의 북쪽은 어둠의 집성촌
언제 따라붙었는지 발걸음 어지럽히는 편서풍에
부장품처럼 끌어안았던 햇살과 꽃잎의 시간들은
야금야금 도굴당하고
아무리 여며도 와글와글 터져 나와
무성해지는 저 어둠들
돌아갈 길 없는 삶의 원근법이 불러오는
이 통증

솜틀집

아이 씨발, 방정식 문제 못 풀 수도 있지 그 씨발놈은 왜 애들 다 있는 데서 면박을 주고 지랄이냐?

야, 새로 온 물리 멋있지 않냐? 남자가 어째 속눈썹도 좋나 길어! 키도 늘씬하니 뒤태도 죽인다니까!

뜻하지 않게 이팔청춘들의 뒤를 밟게 되었다.

한때 선생이었던 나는 제 발 저려서 잠시 씨발놈이 되었다가 앗 뜨거라 부풀어 오르기도 하고, 입이 근질거리기도 하고, 뒤태도 죽일 정도로 근사하게 재정비를 해보고 싶어서 미행을 한다.

싱그러운 이팔청춘들 따라 저 골목길 돌아가면 어쩌면 솜틀집이 있을지 모른다.

너무 오래 굴러먹어서 뭉치고 오그라지고 무거워진 몸을 솜틀에 집어넣어 부드럽게 부풀리고 깨우면 뽀송뽀송한 구름처럼 활짝 피어나서 저 건물 위로도 훌쩍 날아오를지도 몰라. 그럴지도 몰라.

2부

우두커니와 물끄러미 사이

크라슐라오바타CrassulaOvata*

나의 서식지는 11층 벼랑, 천 길 낭떠러지
통유리에 갇힌 거리에는 파도가 몰아쳐요
물보라 너머로 은행과 버스정류장이 일렁거릴 때
잠시 물멀미를 앓기도 하지요, 그래도
쾌청한 오전은 햇빛을 골똘하게 긁어모아
은행에 차곡차곡 적금을 부어요, 그러면
공항이나 항구로 가는 버스를 탈 수 있을지 몰라요
앞 건물이 햇빛을 가리는 오후가 되면
내 몸을 통통하게 불리는 것이 물인지 불인지,
희망인지 절망인지 종잡을 수 없더라도
스스로 몸피를, 키를 재어 보기도 하지요

내가 사는 곳은 우두커니와 물끄러미 사이
목질의 기다림과 다육질의 그리움 사이
해 지고, 긴 밤 홀로 우두커니 견디는
가로등과 남몰래 외로움을 나눠 가져요
풍랑이 잦아든 길모퉁이 꽃집의 뿌리 잘린 꽃들이
이종교배를 꿈꾸며 밤새 발바닥을 간질일 때

물 냄새에 몸이 달아오르곤 하지요
수평선 너머 물끄러미 바라보며

조금씩 조금씩 발돋움을 하지요

* 건조한 환경에서 생존하기 위해서 줄기와 잎 그리고 뿌리에 많은
양의 수분을 저장할 수 있는 다육식물의 한 종류로 원산지는 남아프
리카이며, 흔히 '염좌' 혹은 '염자'로 불림.

찔레꽃 백서白書

계단 앞에서 무릎이 꺾이는 저 여자
느닷없이 무릎에 찔레꽃 피어 화들짝 놀라는 저
여자
그리하여 일흔 살이 먹먹해지는 저 여자

이 앙다물고 짓눌러 가면서 자잘한 가시로 키워 온
세월이
오금에 몰려들어 울컥 몸을 뒤채는 밤
저 가시들 들추고 들어가면
남쪽 어디쯤에서 연분홍 아랫목을 만나겠지만,
수십 년 묵은 미련을 걷어내면
자주고름 입에 물던 스무 살에도 닿겠지만,
가시로도 지켜내지 못한
저 누추하고도 환한 폐허여!

연분홍 뒷배가 다 새어 나간 여자의 목덜미를
백난아가 애절하고도 낭랑한 목소리*로 달랜다.
관절과 주름의 미세한 굴곡에 숨겨 둔 비망록을

바늘이 찾아내어 백난아가 간드러지게 복기復棋하는
데,

저 여자의 북반구를 잠시 밝히는 쓸쓸한 향기로 보
건대

꽃말은 서너 주전자의 서러움쯤 되겠다.

* 1976년 대도레코드사에서 제작한 LP 음반. 「노래는 세월 따라」
제6집에 실린 백난아의 〈찔레꽃〉.

고콜*

가슴 한구석 헐어 마련한
바람의 거처
동쪽 향하는 마음으로
별들이 게릴라처럼 출몰하는 밤이,
장대 열차 그냥 떠나보낸 새벽이
몇십 년인지 몇백 년인지
이루 헤아릴 수가 없느니……

별점을 치면서
명사산처럼 뼈를 세우고, 언제까지
모래 우는 소리로 서 있어야 할지
기약이 없느니……

* 관솔불을 올려놓기 위하여 벽에 뚫어 놓은 구멍.

봉제 인형

오랜 가뭄 끝에 내리는 밤비
바늘귀에 빗소리 꿰어요.
메마르고 비좁았던 가슴 한구석에
　모처럼 빗소리 몇 평쯤 들여놓고 씨앗을 뿌릴까요, 땀
땀이 그윽한 발자국을 낼까요.

지나온 길은 구차하고 다가올 길은 두렵기만 한데
서로 잇대어 홅치면 삶이 잔잔해질지도 몰라요.
뜯어진 솔기를 비집고 꾸역꾸역 밀려 나오는
저 어둠은 무엇인가요.
오글오글 몰려 있던 시름이
두더지처럼 등을 자주 들쑤시네요.
햇빛에 말릴 수도 없어 늘 젖어 있던,
내 허기를 채워 주던 자투리들을 위해
어깨뽕을 채워 넣어야 할까 봐요.
간혹 어둠에 발을 헛디뎌 아귀가 어긋나도
뒷덜미쯤에서 서둘러 봉합하면
주름 한두 개 생긴다 한들 무슨 대수겠어요.

이따금씩 날카로운 바늘에 찔리더라도
빗방울로 올올이 어루만져 준다면
악다구니도 심술도 허물도 수더분해지겠지요.

군은 관절 풀어 줄 누구 없나요,
눈깔을 붙여 주고 같이 놀아 줄 사람 없나요.

일 포스티노*

　사춘기의 파블로 네루다가 밀 타작 행사에 초대받아
먼 산골 마을에 있는 에르난데스 집안의 농장으로 말을
타고 길을 나섰다네.

　몇 개의 산을 넘어야 하는 산골 마을을 찾아 강을 지
나고 태평양의 파도가 밀려오는 바닷가를 지나고 개암
나무가 있는 숲을 지나는데, 길을 잘못 들어 헤매다가
불빛을 보고 찾아든 집에서 프랑스계 미망인 세 자매가
파블로 네루다를 맞이하는데, 보들레르의 시를 번역한
다는 말을 듣고 세 자매는 얼굴빛이 화들짝 밝아지면서
기꺼이 파블로 네루다를 하룻밤 재워 주었다네. 보들레
르의 시집 『악의 꽃』을 품고 처녀림에 스스로 유배되어
30여 년간 톱밥 날리는 제재소를 운영하는 두메산골 외
딴집의 세 자매는 파라핀 등불을 밝힌 식탁에 향기로
운 프랑스 요리와 포도주로 만찬을 차려 주었다네.

　에르난데스 집안에서는 말몰이꾼의 재촉에 맞추어
암말이 원을 그리며 밀과 귀리와 보리를 밟는 타작을 하

고, 그날 밤 파블로 네루다는 밀짚 더미 위에서 초롱초롱한 별을 보며 잠자리에 들었다네. 밀짚을 은밀하게 헤치고 어둠 속에서 한 여자가 다가와 입술을 덮치고 머리에서 발끝까지 온몸으로 짓누르는데, 파블로 네루다는 풍만하고 탄탄한 젖가슴과 둥근 엉덩이와 질펀한 허벅지와 땋은 머리를 쓰다듬고 더듬으면서 짜릿한 밤을 보냈다네. 날이 밝고 그 여자가 누군지 궁금하여 여기저기 눈길을 보내는데, 남편에게 고기 조각을 건네는 에르난데스 집안의 여자가 은근하게 눈짓과 웃음을 흘렸다네.

머나먼 산티아고를 향해 밤낮으로 달려가는 기차의 창밖으로 칠레의 밀림과 사람과 마을을 볼 때마다 파블로 네루다는 목이 메는데, 누가 그를 시인으로 만들었나? 외딴집의 세 자매와 농부의 아내와 남미의 등뼈를 타고 머나먼 길을 달리는 기차와 이 모든 것을 품어 주는 칠레의 밤이 파블로 네루다의 마음속 깊이 스며들어 신세계를 활짝 열었네. 그래서 파블로 네루다의 머릿속에서 벌 떼처럼 시가 잉잉거리기 시작했네. 그것들이 파블로 네루다에게 시를 배달해 준 일 포스티노였네.

* 파블로 네루다 자서전 『사랑하고 노래하고 투쟁하라』에 나오는
내용을 바탕으로 일부 문장을 빌려 오기도 했음.

형상기억합금

한식 무렵
봉천마을 뒷산에 화들짝 핀 산벚꽃이
복장뼈 아래로 구름처럼 은근하게 몰려왔다
소만 망종 무렵에는
생이마을 들판을 와글와글 헤집는 개구리들이
뒷덜미까지 뜨듯하게 점령하여 아늑하였느니

천방지축 변성기를 보내고
아등바등 불혹의 기슭을 지나
화기애애 이순에 다 왔느냐

하지 무렵의 기나긴 날이 저물고
물수제비뜨던 예닐곱 살의 은하수 강변에서
저승으로 옮겨 간 사람들의 안부까지도
깜박깜박 전해 오는 반딧불을 따라
오래오래 거닐고 싶은……

유도화
—서귀포 10

그냥 지나치는 게 아니었다

서귀포시 서귀동 색달 해변
연분홍 치마 곱게 차려입고
수수만년 파도 소리 섭생하며
나를 기다렸을지도 모르는데
청산가리보다 독한 저 분홍에
나를 걸었어야 했다, 한평생
꼬박 눈멀더라도 달콤한 지옥에 뛰어들어
정분이라도 났어야 했다
황홀한 독 한 모금 없이
데면데면 굴러온 날들이여,
더더구나 쓰디쓰게 돌아서다가
등짝에 숨긴 태엽 손잡이마저
들키고 말았으니

치명적이구나!

우화 羽化

단풍이 등고선을 그리며
산을 타고 슬금슬금 내려오는
늦가을 밤
누에처럼 이불을 감싸고 누운
겨드랑이를 간질이며
저 알록달록한 것들이 군불을 지피니

내일모레가 입동인데
이렇게 몇 잠을 자고서
날개를 얻어
어느 따뜻한 곳으로 날아가 볼까나

갈대의 순정에 부쳐

지나고 보니 순정은 없었다

순정은 사랑에 빠졌거나 실연한 사람들이 입혀 준 옷에 불과했다

어울리지 않는 옷을 입고 한평생 흔들렸을 뿐이다

유서 깊은 가계도를 들추어 보건대 대대로 물가에 터를 잡았으니 웃음보다 눈물이 더 가까운 친족이다

유행가 가사나 경전의 문구로 오르내렸으나 애초부터 삶은 허약했다

건들거리는 바람 앞에서 오금이 저렸고 번개 치는 그믐밤의 폭우는 공포였다

협박과 회유 앞에서 고분고분 흔들리지 않으면 목숨을 부지할 수 없었으니 스스로 벼린 수천수만의 칼날들을 받아들여야 했다

그리하여 정강이뼈 아래로 빽빽하게 모여드는 쓰라림을 오롯하게 다스려야 했으나,

새들이 날아들어 집을 짓고 쓰라림마저 따뜻하게 품

었다가 부화한 새끼들을 푸른 하늘로 날려 보내는 날이
적지 않았다

　소곤소곤 노래 부르며 밀애를 즐기던 달밤도 자주 돌
아왔다

　안개 낀 아침이면 아랫도리를 혼곤하게 묻어 놓고 햇
살을 기다렸다

　밥상을 차려 놓고 기다려 주는 식솔들이 있어서 등
이 따뜻했다

　이 모든 것이 거친 비바람에 휩쓸려 한쪽으로만 쏠린
사뭇 엄숙한 자세였다면,

　그러니까 슬픔으로부터 기를 쓰고 등 돌리려는 자세
였다면

밥집

식당보다 밥집이 더 절실하게 들린다

전라도 고흥 출신 기욱이와 캄캄한 밤 M16 소총 들고
76연대 3대대 위병소 초병 근무 서다가
몰래 냉면을 시켜 먹었던 곳도
군바리들은 식당이 아니라 밥집이라고 불렀다.

진주시 일반성면 남산리
열댓 집 오종종하게 모여 사는 마을
산기슭의 주인 떠난 밥집이 무너지고 있다.
지은 지 백 년도 훨씬 더 되었다는 집
밥 먹고 살기 힘든 시절
품삯 대신 밥만 먹여 주고 지었다고 해서
그 집 할머니가 밥집이라고 불렀던 집
온몸으로 지은 집
서까래 사이로 보이는, 그을음 달라붙은 겨릅대에서
구한말로부터 식민지로 이어지는
허기와 절실함이 오롯이 살아 있는 밥집

우리말 사전에도 오르지 못한 낱말

집을 감싸고 있던 대나무가
마당과 아궁이 자리 가릴 것 없이
불쑥불쑥 솟아올라 밥집이 구메구메 사라지고 있다

억새꽃

어머니,
아직도 집이 불타고 있나요
아직도 집으로 돌아갈 수 없나요
지금도 총구가 나를 겨누고 있나요
통곡을 삼키고 억눌러 둔 가슴에
나를 숨겨 둔 어머니,
나는 벌써 죽었습니까 죽고 말았습니까
그리하여 아직도 열여섯 살입니까

일흔 해가 넘도록 아직도 울고 있는 어머니,
한라산 금족령이 풀리고 세상이 잠잠해졌나요
중산간마을 고샅길에 화창한 가을이 왔나요
이제 집으로 돌아가도 되나요
아버지, 이제 잠들어도 되나요

제주43평화공원 뒤편 기슭에 무리 지어
한라산 중산간마을을 향해 길을 나선
억새꽃들, 저 하염없는 묘비들

원고료

시 한 편 얻어내기까지 들인 거간꾼의 공적과
삼라만상의 도움에 비하면 턱없이 모자라겠지만
원고료를 송금합니다.

난분분 꽃잎 다 받아 주는 물낯의 넉넉함을 찬미
하고
새벽 어스름 몇 필 끊어 오기 위해 밤을 지새우고
발품 팔아 오동나무 보라색 등불을 끌어온 것 외
에도
선생께서 기울인 구구한 곡절과 노고도 적지 않았겠
으나

곁을 내어 준 산 그림자 꽃바람 아지랑이 현호색 나
무옹이 명자꽃 새의 꽁지 복사꽃 댓잎 도롱뇽 물비늘
산길 개구리알 등등, 누누이 열거해도 끝이 없을 봄날의
산천초목을 불러다가 맑은 술상이라도 차리고 나면 남
는 것도 없겠지만
고운 연인에게 신발 한 켤레도 못 사 줄 만큼 약소하

지만

　마음에 차지 않아 구시렁거리더라도 잘 다독거려 주
시길 앙망

　세상사 눈뜨게 해 준 은혜 마음으로 새기며 심봉사
거듭 올림

가로등 비망록

오늘 밤에도 길을 나서지 못했다.
노선버스 끊어진 한밤중에도 우두커니 서서
여전히 텅 빈 거리를 지킨다.
자주 무릎이 저리고 들쑤신다.
밤새도록 바닥을 비추어도 발은 시리기만 하다.
스스로 비춘 빛으로만 목숨을 이어 가야 하는 숙명이
나에게만 주어졌다면 벌써 떠나거나 주저앉았을 것이다.
이 거리의 이력을 다 꿰고 있는데
원뿔의 불빛 속으로 다급하게 뛰어드는
저 눈발들 어찌 외면할 수 있겠는가

꽃집 간판이 부동산으로 바뀌었고
세탁소는 세간을 다 들어내어 텅 비었고
꼭두새벽에 문을 여는 떡집은 고단하고
폐업한 중국집 주인은 소식을 알 수 없고
닭발집은 주인 혼자 지키는 날들이 늘어나고,

여차저차 어둠 속 어딘가에서 숨죽여 울면서
겨우살이를 하는 사연들을
잠시 기웃거리다 가는 그믐달은 알기나 하랴.
시린 하늘에 떠 있는 십자가가 헤아리기나 하랴.

때때로 아랫도리가 사라지기도 하는
밤안개 차갑게 차오르는 밤에는
느티나무 뿌리의 수행법을 표절하기도 하지.
쌍떡잎식물 느릅나무과의 낙엽활엽수를 꿈꾸며
잠시 졸음에 빠진 채 갈팡질팡 초원을 찾아가기도
하지.
퇴화해 버린 직립보행을 한발 한발 복기하며
초원으로 단체관광을 가서 말을 타기도 하지.

그놈의 물티슈

제발 부탁하건대
식당에 갈 때마다 그놈의 물티슈 좀 내놓지 마.
식탁의 음담패설을 음풍농월쯤으로 오역하는 거
완전 밥맛 떨어져. 지겨워.
검은 마음을 표백하여 거들먹거리면서
결국 우리를 시궁창으로 끌고 가고 있어.
청결을 핑계로 내세우는
저 능숙한 속임수가 세상을 무너뜨릴 거야.

제발 부탁하건대
텔레비전 저녁 뉴스에 물티슈 좀 내보내지 마.
슬픔도 없으면서 뻔뻔한 눈물을* 보이는 거,
흑심을 품고서도 거짓 웃음 활짝 지어 보이는 거
꼴도 보기 싫어. 역겨워.
등 뒤에 숨기고 있는 시커먼 그림자가
교묘한 거짓말로 막다른 골목으로 꾀어내어
기어이 우리를 질식시킬 거야.

* 박해람, 「양파의 참을성」에서 인용.

3부

집도 절도 없는 봄

물구슬

봄비 오신 날

산도 하늘도 들여앉혀 놓고서

내 마음도 불러다가 가두어 놓고서

하룻밤 곁에 누워 보지도 못했는데

홀쩍 떠나 버린 당신

집도 절도 없는 봄

입춘

어둠에 잠긴 산맥이 꿈틀거린다
새벽이 기지개를 켠다
깊은 땅속의 샘물 길어 올리기 위해
장막 뒤쪽 보이지 않는 무대는
줄을 고르고 소리를 맞추느라 분주한데,
희미하게 옷깃 스치는 기척
애써 기침 누그러뜨리는 기척들이

어둠 맑히고 있는데

걷기 시작한 손자가 건반악기 위를
여기저기 뛰어다니며 해찰을 놓고 있으니
다급하겠구나, 저 산맥들 머지않아
저희들끼리 봉화 올리고 주고받으며
무더기무더기 꽃무더기 엎질러 버릴 터인데
곧 닥칠 연두색 밑바탕에 연분홍 지매*는
아무래도 손자의 발자국

* 그림의 여백에 연한 초록, 노랑, 보라 따위의 색을 칠하는 일.

수양버들 봄호

호숫가 휘늘어진 가지들
얼음에 갇혀 동안거 수양 정진 중이다
온기를 거부하면서 집필에 빠져든 저 단호한 몸짓
일렁임도 파문도 없이 서늘한 물의 뼈에 들어
질문도 대답도 밀쳐 둔 저 직관의 몸짓으로
햇살과 구름의 말을 속으로 가다듬고 있다
얼음 밑으로 은밀하게 흐르는 물의 노래를 받아 적고
때로는 깜깜한 바닥에서 건져낸 어둠과 내통을 하
면서
건져 올린 비의를 차곡차곡 여미기도 한다
눈송이의 환호와 찬바람의 질책으로 엮어 가는 줄
거리
저 골똘한 경전

연초록 발자국을 곧 따라 들어가
나도 읽고 싶은
나를 읽고 싶은
수양버들 봄호

벚꽃 축제

저승에서 잠시 짬을 내어 오신
어머니가 가마솥 가득 밥을 안쳐 놓았다
가마솥 안의 쌀들이 불꽃을 받아들여
투명하게, 하얗게 부풀고 있다
골짜기가 통째로 익어 가고 있다

밥 먹어라,
골짜기 가득 아득하게 번지며
두레 밥상에 수저 놓는 소리

목화

목화 농사는 겨울이 제격이지요.
그것도 한밤중이 제격이지요.
한밤중의 정적은 깊고도 넓어서
마음속에 품어 온 목화씨를 뿌리기에 안성맞춤이
지요.

햇살 잠시 다녀가고 나면 해질녘까지 무겁고 길게 자
라던 그림자와, 굴뚝의 온기가 식은 뒤 오래 머무는 그
늘이 마음속에서 맺힌 목화씨. 생로병사의 결박을 풀고
뭉게구름으로 훨훨 날아오르고 싶은 목화씨.

밤이 깊어 갈수록 정적은 한정 없이 영토를 넓히니
먼 강변 마른 억새들의 기름진 말씀으로
목화는 간지러운 뿌리를 내 등뼈까지 내리지요.
밤새도록 지켜 주는 가로등의 눈물겨운 다독거림
으로
목화는 무럭무럭 자라서 끝없이 펼쳐지지요.
눈발이라도 흩날리면 솜이 부풀고 부풀어

꿈속에서 나는 목화의 만석꾼,
　곳간에 쌓이는 광목은 수만 필

　자서전을 쓰듯이 하얀 광목에 누군가 밤새워 바느질
을 해도 좋겠습니다만,
　광목 속으로 자맥질하는 푸른 새 한 마리쯤 있어도
좋겠습니다만……

공주

공산성 남문 아래
저무는 골목 어귀 들어서는데
낯선 길손의 기척에 놀라
서둘러 집 안으로 사라지는
묶은 머리 처녀 하나
은근한 발뒤꿈치가 곡옥을 닮았는데

아주까리기름 등잔 타오르는
웅진성으로 들어갔는지
천오백 년이 지나도 소식이 없어라

유월

외딴집 고로롱고로롱 노파가 마른 마당에 나비물을
확 끼얹는 생이마을 지나

앵두나무 아래 묶인 하릅강아지 빠질 듯이 꼬리 흔
드는 금천리 어귀를 지나

논물에 잠겨서 흠뻑 젖어 버린 구름에 뿌리 내리려고
안간힘 쓰는 어린 모를 지나

쫄쫄쫄 계곡물로 연명하는 저수지에 빠졌다가 겨우
자기 모습 가다듬는 산줄기 지나

석 달 열흘 비 내리지 않는 하늘로 까무룩 잠기며 음
역을 넓히는 되지빠귀 소리를 지나

때죽나무 꽃향기 잦아들기 전에,
하지 무렵의 기나긴 낮이 꼬리를 감추기 전에,
뜨거운 장미 꽃잎 다 식기 전에

깊은 산속에 숨은 산사를 물어물어 찾아가서 초여름 햇살에 달아오른 대웅전 꽃살문에 기대어

필까 말까 망설이는 수국의 염불 소리 들으러 가고 싶은 날

11월

11월에는,
막바지 단풍잎 붉게 자진하는 11월에는
내 귓바퀴 속으로 뜨거운 단풍잎들을
비질하는 여자 한 사람쯤 있어서
은근한 외이도外耳道를 따라
철없는 복사꽃 즐비해도 좋으련만

11월에는,
구름 몰려와 눈을 쏟아내기도 하는 11월에는
먼 바다 만경창파 치맛자락에 감싸고 와
쏟아붓고 가는 아낙네 한 사람쯤 있어서
겨울을 우회하여 봄으로 가는 도화선을 깔고
명치께에 불꽃놀이 찬란해도 좋으련만

살구꽃

등은 가려운데
손은 닿지 않는데
그런 봄날에는 살구나무가 기웃거리네
흐드러진 꽃 그림자 발치까지 넘실거리네

그런 날에는 말은 못 하고
은근슬쩍 등을 내밀고 마네

감자꽃

겨울 지나면서 쪼그라든 감자
보랏빛 독을 품은 씨눈에서 움이 튼다

독기가 때로는 살아가는 힘이 될 수도 있지
손주 업고 울바자 옆 서성이는 청산댁 할머니
쪼그라든 저 할머니 주름살 속을 거슬러 올라가면
식민지와 전쟁과 보릿고개와 도붓장사를 거치며
독기로 쓴 청상의 세월을 만날 수 있지
그 험하고 거친 물길을 독기로 건너온 자에게 주어진
안식
할머니 머리에는 감자꽃 하얗다
등에 업힌 아이의 옹알이는 알뿌리가 올려 보낸 노래

넓은 감자밭 위로 햇살이 짜랑짜랑하다
늦봄이 온통 하얗게 장엄하다

야말반도의 꼴랴*에게

니콜라이 살린데르, 애칭으로는 꼴랴!

훌륭하게 자라서 이제는 열여덟 살이 된 꼴랴!

시베리아 야말반도의 극심한 겨울 추위와 극성스러운 여름 모기도 모두 이겨내고 훤칠한 청년으로 자란 네네츠인 순록유목민 꼴랴!

동생 그리샤도 잘 지내지? 여동생들도 모두 무사하지? 태어나서부터 순록과 함께 살면서 어린 시절을 보내다가 도시의 기숙학교로 가서 졸업을 앞두고 이제 대학 진학을 고민하고 장래를 걱정해야 하는구나. 그곳 도시에도 맥도날드 햄버거와 코카콜라가 있지? 다국적 기업의 체인점 카페에서 쓰디쓴 커피를 마시고 뜨거운 물만 부으면 바로 먹을 수 있는 컵라면도 있지? 그래도 순록의 콧김과 툰드라의 눈벌판과 야밤의 오로라는 가슴속에 살아 있으리라고 믿어.

도시에 미련이 많겠지. 그렇지만 도시에서는 집 한 채 얻기 위해 전전긍긍해야 하지. 여의치 않으면 통신비를 벌기 위해 알바를 해야 할 수도 있지. 할 일이 없으면 휴

대전화나 만지작거리면서 도심의 뒷골목을 밤늦도록 빈둥거릴지도 모르지. 혹시 그런 상황에 처하더라도 러시아군에 자원입대는 하지 말았으면 좋겠어. 지휘관들의 명령에 따라 본의 아니게 약소국을 침범하여 병원이나 학교로 포탄을 날려 보내는 포병이 되거나, 탱크를 몰고 점령지의 거리를 누비면서 어린이나 여자들을 불안에 떨게 하는 전차병이 되지 말라는 법이 없잖아.

그래, 그곳 툰드라로 돌아가도 좋아. 발굽으로 눈을 헤치고 툰드라의 이끼를 찾아 떠도는 순록에게 가는 거야. 갈라진 발굽을 손질해 줄 수 있는 꼴랴를 순록들이 기다리고 있을 거야. 부모님과 여동생들이 있는 춤 Chum**의 난롯불이 겨울 추위와 세파를 막아 줄 거야. 거기에는 오로라가 황홀하게 펼쳐지는 밤하늘이 있잖아.

고민도 많을 거야. 이상기온으로 겨울에도 가끔 비가 내려 얼어붙어 버리면 먹이를 찾지 못하는 순록들이 떼죽음하는 일이 자주 일어난다니까. 천연가스를 뽑아내기 위해 자본의 손길이 점점 다가오고 있으니까.

다 내 잘못이야. 오래전에 고향을 버리고 도시로 와서 자동차를 몰고 전기와 가스를 쓰고 뜨거운 물로 펑펑 샤워를 하면서 살아왔어. 먹고 마실 때마다 나오는 쓰레기들을 아무 거리낌 없이 버리곤 했어. 나도 너의 고향을 황폐하게 만드는 데 가담했어. 그러면서도 네가 춤 Chum으로 가기를 바라고 있으니, 꼴라! 미안해, 정말 미안해.

*2022년 3월 SBS에서 방영한 〈가디언즈 of 툰드라〉에 나오는 청년.

**순록의 가죽을 지붕으로 씌운 네네츠족의 이동식 움막.

터키 2

버스를 타고 아이발릭에서 이스탄불 가는 길
구절양장 산모퉁이를 돌 때마다 왼쪽 창으로
에게해가 꿈결처럼 언뜻언뜻 보이기도 하고
단정한 마을이 불쑥불쑥 나타나기도 하는데
미나렛을 곧추세운 모스크가 있는 그 마을에
마음 한 자락을 부려 놓고 옵니다.

에게해의 물방울에서 나온 여자를 얻어서
산속 마을에 살림을 차립니다.
구레나룻 근사하게 기른 무슬림으로 개종하여
아잔 소리에 잠을 깨고
무화과 복숭아 올리브나무를 키웁니다.
화단에 꽃을 가꾸며 가지런히 널어놓은 기저귀가
해풍에 돛폭처럼 부푸는 날은
아기를 안고 파도 소리를 한 장씩 넘기며
수평선 너머 구름의 나라를 엿봅니다.
그래도 갈증이 쉬 가시지 않으면
코발트빛 바다를 배경으로

붉은 꽃 그림자 한 사발 들이켜기도 하지요.

먼 이국에 부려 놓고 온 또 다른 내가 궁금하여
정처가 없는 날은
아이발릭에서 이스탄불로 가는 머나먼 길을
마음속에서 되짚어 보지요.

4부

출구는 어디쯤입니까

그레타 툰베리

새 한 마리 힘겹게 날고 있다
마을이 어둠에 짓눌려 있는데
산이 불타올라 연기가 온 세상을 뒤덮고 있는데
검은 아가리를 벌린 자정이 코앞인데
사람들은 좁은 방에 틀어박혀
재앙이 덮치는 줄도 모르고 깊은 잠에 빠져 있다고

카나리아 한 마리
한밤중에도 잠들지 못하고
안간힘을 쓰면서 문을 두드리고 있다
일어나야 한다고 사람들을 깨우고 있다

경칩

출구는 어디쯤입니까.
풍문으로는 겨울이 끝나 간다는데,
봄을 맞이해야 하는데, 겨울잠이 너무 깊었나요.
세종특별자치시 나성동 행복 도시 2-4 생활권
새로 지은 육중한 빌딩에 짓눌려
욱신거리는 뒷다리 가다듬을 수조차 없습니다.
잘 다져진 콘크리트와 아스팔트에 가로막혀
숨은 턱턱 막히고 비명조차 지를 수 없습니다.
부글부글 끓고 있는 알주머니를 어디에다 쏟아야 합
니까.
고층아파트 층층마다 환하게 밝힌 불빛에
알주머니의 눈알들이 분주해지는데
봄밤의 환희를 이제 어디서 수소문해야 합니까.

관공서와 고층아파트에서 몰려나온 사람들이
새로 개업한 뼈해장국 집에서
흐물흐물해진 내 등뼈를 발라내고 있습니까.
갈지자걸음의 취객이 내 등에 토악질을 하고 있습니

까.

　새로 생긴 영화관에서는 누대로 젊어지고 온

　난생으로 이어 온 우리 종족의 비애를 펼쳐 보입니까.

　대대로 쟁기 끌고 써레질하던 들판을 뺏기고

　우리는 철거민 신세로 전락한 것입니까.

　관수용 점적 물주머니를 매달고

　옮겨 심은 느티나무가 시름시름 죽어 가는 C블록

　흙을 쏟아부으려고 거대한 덤프트럭들이 몰려오고

있습니다.

　굴삭기가 내 몸을 반토막 내려고 덜컹거리고 있습니

다.

　언제쯤 출구를 찾을 수 있습니까.

　언제쯤 겨울잠에서 깨어날 수 있습니까.

　땅속에 묻힌 하수 배관으로 흐르는 물소리나 들으

면서

　백 년을 기다리면 될까요, 천년을 버티면 될까요.

1004호

강변아파트 1004호에는 천사가 산다
정남향에 통유리를 통해 금강이 한눈에 들어오는
1004호는 천사의 궁전, 늘 적막이 감돌지만
비닐 테이프에 칭칭 감긴 택배 물품들이 날이면 날마
다 문 앞에 쌓인다
생수 제주 감귤 화장지 쌀 비엔나소시지 영양제 화
장품 레이스속옷 블루투스스피커 라면 개사료 냉동핫
도그 등등이 로켓배송으로 온다
좀체 입을 열지 않는 천사의 궁전도
치킨 피자 탕수육 돼지족발과 같은 배달 음식이 오면
잠시 열린다
1004호는 저녁마다 이것들을 왕성하게 먹어 치우고
금빛 후광을 두르고 밤새 하얀 날개를 다듬는 천사
를 품어 준다

천사는 좀체 정체를 드러내지 않는다
CCTV에도 잘 잡히지 않는다
인기척이 조금이라도 들리면 개가 짖어서 접근을 거

부한다
    승강기에 희미하게 감도는 향수의 기운으로
    천사의 존재를 짐작만 할 뿐이다
    뾰족구두를 신고 뒤뚱거리며 지나가는 여자
    승강기에서 스마트폰만 들여다보는 거대한 아줌마
    개를 데리고 산책하는 말라깽이 중년 남자
    불안한 눈을 치뜨고 지나가는 사람을 훑어보는 고등
학생,
    분리수거 하는 날 악다구니가 쏟아져 나올 때는
    천사가 죽었는지 걱정이 되기도 하지만
    날개를 감추고 변장한 천사로 의심되는 사람들이 도
처에 많다

고양이를 부탁해

쏜살같이 달려가는 고속도로의 바퀴들
미친 듯이 터널로 빨려드는 바퀴들
터널 속으로 휩쓸려 온 검은 비닐봉지가 위급하다
검은 비닐봉지의 탈을 쓴 검은 고양이는,
질주하는 검은 바퀴들 앞에서 갈팡질팡 허둥지둥
공포에 질려 어쩔 줄 모르는 고양이는,
검은 아스팔트 위에서 살려 달라고
목숨만 살려 달라고 애원하는 고양이는,
도대체 어디서 길을 잃고 검은 비닐봉지처럼
검은 터널 속으로 휩쓸렸나
검은 바퀴의 원주율 앞에서 안절부절못하는 고양이
는,
비닐봉지처럼 가볍게 속력을 피하지도 못하고 어디
로 갔나
노란 눈의 공포는 누가 뭉개 버렸나

눈먼 바퀴에게 검은 고양이는 속력에 수수러지는 비
닐봉지다

고양이는 안중에도 없이 바퀴는 음악을 들으면서

고양이가 어찌 되거나 말거나 바퀴는 안락의자에 몸
을 파묻고

멈출 줄 모르는 바퀴는 자비를 모르는 바퀴는

앞만 보고 무작정 달린다

검은 아가리를 벌리고 검은 고양이를 집어삼킨

저 어두운 터널에는 출구가 없다

검은 바퀴가 짓눌러 버린 검은 고양이,

응달이나 어둠 속 곳곳에서 블랙아이스가 되어

몰래 웅크리고 있는 고양이,

고양이를 부탁해!

야옹아 야옹, 해 봐

야옹아 멍멍 해 봐*
발톱 숨기고 송곳니도 숨기고 재롱을 떨어 봐
집사의 바짓자락에 다정하게 목덜미를 비벼 봐
육포와 장난감을 얻기 위해
깊고 그윽한 눈길로 가르랑거리며
집사에게 고분고분 안겨 봐
때마다 주는 사료를 먹고
늘어지게 낮잠만 자다가 뒤룩뒤룩 살이나 찌워 봐

야옹아 야옹, 해 봐
한밤중에 담을 넘어
달빛이 부르는 소리에 귀 기울여 봐
발톱을 세우고 거칠게 하악질을 해 봐
밤의 저 어둠 속으로 뛰쳐나가
쓰레기봉투를 앙칼지게 찢어 봐
제대로 된 짐승이 되어 봐

야옹아 야옹, 해 봐

* 반려동물과 관련한 업체 이름.

나는 오늘도 코스트코에 간다

꽃 피고 새 울고 날씨는 화창하니
나는 오늘도 코스트코에 간다.

부위마다 영하 2도 이하에서 진열하여 육즙이 살아
있는 냉장칸을 지날 때 아메리카의 초원에서 소들이 풀
을 뜯는 평화를 느낀다.

훈제를 하고 얇게 포를 떠서 진공 포장한 슬라이스
오리고기는 어디서 왔는지 확인하지 못했지만 저녁 식
탁에 올렸으면 좋겠다.

프랑스 노르망디 지방에서 방목한 소의 신선한 우유
를 탈취하여 만든 가염버터 롤은 풍미가 풍부하고 뒤끝
이 산뜻하다니 빵에 발라 먹으면 기막히겠구나.

우유로 만들어서 부드럽고 진한 크림은 영국에서 왔
다. 참나무로 훈연한 치즈도 있군.

세계 곳곳에서 생산한 원료로 드레싱을 만들어 국산
야채에 뿌린 샐러드는 유통기한이 끝나기 전에 먹어야
지.

노르웨이 자반고등어와 뉴질랜드에서 온 그린 홍합,

미국산 벌꿀 등도 변질되지 않고 잘 보관되고 있다.

투명한 비닐 랩에 싸인 전복은 얼마나 숨 막히고 발바닥이 차가울까, 잠시 연민의 감정이 차올라 카트를 미는 손이 떨리네.

손쉽게 저을 수 있는 노와 편리하게 공기를 넣을 수 있는 펌프가 세트로 구성된 3인용 익스플로러 보트를 홍보하는 유명 배우는 즐거워라, 2.4미터 서프보드를 근사하게 타고 파도를 가르는 금발의 미남은 행복하기만 하니 내 마음마저 설렌다.

피부를 촉촉하고 탄력 있게 만들어 주는 화장품이 지천이구나. 정우성의 눈 건강 비밀을 간직한 루테인, 피로 회복에 좋은 수많은 영양제, 기미 주근깨를 완화시키는 각종 비타민제가 손만 뻗으면 닿으니 잘하면 불사조가 될 수도 있겠구나.

세계의 수많은 제국에서 보내온 온갖 상품들이 열거하기도 힘들 만큼 쌓여 있는 곳

마지막일지도 모를 할인 행사가 날마다 흥성스럽게

펼쳐지는 곳

오곡백과 풍성하고 산해진미 가득하니 사계절 먹고
마시고 즐길 거리가 차고 넘치는 낙원

온갖 쓰레기들의 고상한 고향

주머니를 탈탈 털리고 할부로 어깨를 야금야금 갉아
먹히더라도 배불뚝이가 되어 어기적어기적거리며 이곳
에서 오래 살고 싶어라.

직사광선을 피할 수 있고 서늘한 이곳에서 오래 보관
되고 싶어라.

주체 못 할 욕망을 가득 실은 카트를 밀면서 이곳에
서 오래오래 머물고 싶어라.

해는 저물고 봄날은 가고

나는, 나는 오늘도 코스트코에 간다.

2021 겨울, 가계부

바이러스가 호시탐탐 내 지갑을 노리는 겨울,
되는 대로 살아 보기로 한다

건기를 통과하고 있는 손을 위해 달콤한 핸드크림
우울이 시도 때도 없이 문을 두드리니 당근이 약이
될까
계란 한 판으로 싸구려 희망을 당겨쓸 수도 있지
관음증에 빠진 일기장에게는 수면제 처방
묻어 둔 슬픔을 돼지고기 한 근으로 다독거려야지
곰팡이를 꿈꾸는 벽을 위해 한 움큼의 막소금
아무것도 열어 주지 못하는 문짝은 열쇠가 제격이
겠지
늘 배고픈 안경에게 식빵 한 봉지
독감을 앓고 있는 그릇들을 위해 독성 세제가 필요해
어둠이 받쳐 주는 유리창에 비치는 나에게는 커피
믹스
통속적으로 시시덕거리는 텔레비전은 식초로 다스
릴까

무겁게 내려앉는 하늘에게는 세숫비누 세숫비누
내일 없이 오늘을 견디는 이웃들에게 설탕
몇 달째 감금당한 신발들아, 우유라도 마시렴
추운 거리로 호객에 나선 입술들에게는 카레가 좋을
거야
달궈지지 않는 프라이팬을 위해 대파 한 단 사야지
먼 겨울 변방으로 쫓겨 간 연인들에게 무릎담요라도
보내자
이런 건 다 그렇다 치더라도
썩은 소시지를 사서 밀주를 빚는 봄바람과 한잔할 수
있을까 몰라

살아도 사는 것 같지 않은 남루한 시절
허우적허우적 적자에 시달리며
그럭저럭 살 만하지 않았다

신호등, 미안합니다

신호등, 미안합니다
철가방을 실은 작은 오토바이와
GPS 기능을 갖춘 지도로 목적지를 정확하고 빠르게
안내하는 스마트폰,
이 두 가지가 내 목줄입니다

신호등, 미안합니다
수많은 고객님들께서 빨리 오라고 난리입니다
거식증에 걸려 먹고 토하는 말라깽이는 단골입니다
배부른 성자들이, 배고픈 백성들이
시도 때도 없이 군침을 흘리며 빨리빨리 오라고 아우
성이니
빨간 신호에도 눈치껏 그냥 치고 나갑니다
인도와 횡단보도 가릴 새가 없습니다
어디든 불쑥불쑥 끼어들어 뚫고 나가야 합니다
때로는 중앙선도 과감하게 넘어야 합니다
제한속도를 지킬 여유가 없습니다

신호등, 미안합니다
내 목숨이 성마른 그들에게 달려 있는데
그들이 내 목줄을 서서히 잡아당기는데
그까짓 신호등? 웃기지 말라고 하세요

투르크메니스탄도 좀 이기면 안 되나

2021년 6월 5일 오후 8시부터 고양종합경기장에서 열린, 2022년 카타르월드컵 아시아 2차 예선 H조 4차전 투르크메니스탄과의 홈경기에서 남자축구대표팀이 5대0으로 이겼는데,

압도적인 공격을 퍼부었다고 했다
전반 11분 만에 선제골로 기선을 제압했다고 했다
오랜만에 시원한 골 잔치를 했다고 했다
화끈한 공격 축구로 투르크메니스탄의 굳게 닫힌 문을 열고 승리를 거머쥐었다고 했다
투르크메니스탄과의 홈경기에서 남자축구대표팀이 무려 5-0 대승을 거뒀다고 했다
어떤 언론에서는 투르크메니스탄을 침몰시켰다고 했다.

카스피해에 접해 있는 중앙아시아의 나라 투르크메니스탄
한반도 면적의 두 배가 넘는 나라

인구가 채 7백만 명이 안 되는 나라의 축구팀을 불러
다 놓고,

말하자면 5대0으로 조져 놓았다고 언론들은 호들갑
을 떨었다.

꼭 영패를 시켜야 했나

다섯 골 넣었으면 서너 골쯤은 먹어 주면 안 되나

고국에서 지켜보고 있을 카이저수염의 아버지와
가녀린 여동생과 어여쁜 연인의 기를 좀 살려 주면 안
되나

그래도 창피하지는 않게 어깨를 으쓱거리며 공항의
입국심사대를 지나가게 하면 안 되나

버선발로 맞이하는 어머니를 좀 자랑스럽게 해 주면
안 되나.

공격을 퍼붓고, 기선을 제압하고, 누군가를 침몰시키
면서 승리감에 도취되어 잔치를 하듯 살아온 기자가 근
사한 애국심에 기대어 기사를 작성했겠지만,

만약 바깥에서 지고 왔다면 악담과 저주를 퍼부었을

지도 모를 언론사에서 기사를 작성했겠지만,

　　1등에게만 눈을 돌리지 말고 그늘에 묻힌 사람들 낮
은 곳에서 살아가는 사람들도 좀 기를 펴게 해 주면 안
되나, 그렇게 하면 안 되나

마중

"그때 스물여섯. 등에 업은 열 달 된 애기 굶어 죽었는데 그 애기 생각허민 가슴 아팡 살질 못허쿠다. 이제도록, 지금 몇 넌이우꽈? 배에서 죽은 애기 업엉(업고) 내리라고 해서 내렸수다. 애기 두고 가면 목포파출소에서 묻어 준다고. 거기 그냥 애기 놔두고 징역 갔수다."

서귀포시 서홍동 오계춘 할머니, 아흔여섯 목소리는 떨렸고, 격한 기억이 피를 토하듯 증언을 밀어내고 있었다. 4·3 때 남편은 행방불명. 아기 안고 이리저리 숨다가 붙잡혀 제주경찰서에 한 달가량 구금됐다. 아무개 10년, 아무개 5년, 나머지는 1년 형을 불렀다. 그는 '나머지'로 죄명도 모른 채 배에 태워졌다. 전주형무소와 안동형무소를 거쳐 출소한 것은 1949년 10월, 70년간 그에게 맺힌 한은 숯이 된 채 여전히 진행형이었다.*

> 목포에서 완도에서 삼천포에서 길을 나선
> 여객선이 날마다 당도하는 제주항
> 기다리는 애기, 일흔 해가 넘도록
> 첫돌도 지내 주지 못한 우리 애기는 오지 않고

흥에 겨운 관광객들만 꾸역꾸역 몰려나온다

뭍에서 온 비행기가 하루에도 수백 번 내려도
행방불명된 남편은 보이지 않고
말쑥한 관광객들만 쏟아져 나온다

* 허영선, 「빨간 멍에」에서 인용. (『당신은 설워할 봄이라도 있었겠
지만』 91~92쪽)

두절 가자미

머리 없어도 찾는 사람 꽤 많아요.
머리는 귀찮고 거추장스럽거든요.
때로는 머리 때문에 곤경에 빠지고
지끈지끈 골치를 앓기도 하거든요.
머리가 없어도 즐거워요. 머리가 없어서 행복해요.
쇼핑 꾸러미와 기름진 저녁 식탁만으로도
내 삶은 때때로 성공적이거든요.

기꺼이 칼을 받고 가자미 노릇 미련 없이 버리기로 했
어요.
육질마다 새긴 파도의 기억 잊기로 했어요.
바다의 수심을 그리워한다고 누가 밥 먹여 준답디까?
환상통이라니요, 그런 망령된 감각 이상은 없어요.
좌판에서 꼬질꼬질하게 삭아 가도 뿌듯해요.
가성비 괜찮으니 누군가는 찾아 주거든요.
검은 비닐봉지에 담아서 나를 모셔 가거든요.

이제부터 나와는 연락 두절이랍니다.

올뉴소렌토 49조0677 보고서

드물긴 하지만
떨어진 꽃잎을, 나뭇잎을 우아하게 음미한다
산 그림자를, 달그림자를 다소곳하게 받들기도 한다

각설하고, 대체로 육식성이다
날벌레들이라고 가리지 않는다
하루살이 나비 벌 나방 등은 간식이다
개구리와 두꺼비와 뱀 등은 납작하게 눌러서 먹는다
때로는 밤을 틈타 32번 국도로 사냥을 나간다
너구리와 담비, 길 잃은 고양이를 심심찮게 사냥하고
재수 좋은 날은 고라니 멧돼지가 얻어걸리기도 한다
이것들은 너덜너덜해질 때까지 짓이겨서 먹되
가능하면 피만 빨아먹고 찌꺼기는 길바닥에 버린다
다른 차들이 서둘러 먹고 남긴 먹이에서
피를 얻어먹는 행운도 이따금씩 있다

이를테면, 곡선보다는 직선을 선호한다
한눈 한 번 팔지 않고 오로지 나아간다

길의 이력을 필사하는 능력은 출중하지만
눈물샘이 없어 어떤 비애에도 흔들리지 않는다
블랙아이스와 거친 빗길에서 자해를 꿈꾸긴 해도
지나온 길을 다 잡아먹은 백미러가 허기를 채워 준다
쌍심지 켠 눈, 튼튼한 다리, 지칠 줄 모르는 심장으로
꿋꿋하게 나아가는 육식성의 연비
이 맹목적인 질주본능을 보라
오르막을 박차고 오를 때는
지구가 잠시 휘청거린다

주점 타클라마칸

여기는 온통 사막이다.
한때는 문명이 번성했던 곳, 이제는
역병이 창궐하고 독침을 숨긴 전갈이 매복해 있는 곳,
터무니없는 복음을 팔기 위해
사이비 교주들이 어슬렁거리는 곳이다.

바람이 소용돌이치는 우중충한 상가 모퉁이의 주점,
타클라마칸
땅거미가 밀려오고 뜨거운 모래언덕도 식으면
길 잃은 사람과 갈 곳 없는 사람들이 몸을 부린다.
목초지와 물길을 찾아 헤매던 카우보이들이 진을
치고
중언부언에 횡설수설을 더하여 다투다가 졸고 있다.
지나온 길을 떠벌리며 허풍을 떨던 대상隊商들은
자정 부근에서 모래시계를 뒤집어 놓고
막다른 골목에 몰렸다는 사실도 모르고
몸속으로 흘러내리는 모래에 조금씩 파묻혀 간다.
심야 텔레비전에서는 산불과 홍수와 가뭄 소식을 전

하다가

　　오아시스 광고에 열을 올리는데,
　　거리에는 시궁창 냄새가 흘러 다니고
　　길고양이가 찢어발긴 쓰레기 봉지가 뒹굴고 있다.

　　고층아파트 단지에 밤이 깊어 가고
　　잠 안 오는 날이 잦고
　　어디선가 마두금 흐느끼는 소리
　　불을 끄고 어둠에 잠기는 주점, 타클라마칸

용서에 다다르기 위하여

김안 (시인)

겹의 감각

정용기는 용서를 구하고 있다. '용서'라는 말은 누군가에게 어떤 잘못을 하였음을, 그리고 그 잘못의 내용을 스스로 깨달았음을 선결로 하고 있다. 스스로 저지른 잘못의 내용을 알아야지만 용서를 구할 수 있으며, 용서를 받을 수 있는 것이다. 「시인의 말」을 통해 보건대, 그것들은 대개 외부에 있는 것들을 향하고 있다.

> 찔레꽃 향기를 저잣거리에서 싸구려로 팔아넘겼습니다.
> 되지빠귀의 환희를 울음으로 오역했습니다.
> 공짜로 챙긴 풍광이 어마어마했습니다.
> 그늘진 곳을 애써 외면했습니다.
>
> 용서를 빕니다.
>
> ─「시인의 말」 부분

찔레꽃 향기, 되지빠귀에 대한 잘못을 먼저 말하고 있다. 이것들을 뭉뚱그려 우리는 손쉽게 자연이라 말할 수 있으리라. 그리고 그 자연은, 그럼에도 불구하고 어마어마한 풍광을 시인에게 허락하고 있다. 하지만 시인은 그늘진 곳을 외면하고 있다. 풀어 쓰자면 "앞선 잘못들에도 불구하고 자연은 어마어마한 풍광을 허락하지만, 나는 여전히 그늘진 곳을 애써 외면했다." 정도가 될 것이다. 여기에서 시인은 자신의 두 가지의 잘못을 저지르고 있음을 말하고 있다. 이중의 잘못. 겹의 잘못. 잘못은 다시 반복되고, 그로 인해 다시 용서를 구한다. 하지만 자연은, 그러하듯 그렇게 그곳에 있다. 그리하여 겹의 잘못이 쌓인다. 그리고 정용기 시집은 이 겹의 감각을 통하여 구성되고 있다.

기꺼이 무릎 꿇게 만든 사람들이
드나드느라 닳고 닳아
여우비가 시큰시큰 몰려오는 곳

마중보다 배웅이 빈번하여
북서풍이 군락을 이루는 곳

쪼그려 앉은 채 얼굴을 묻으면

흐느낌을 받아먹고 통통 붓는 곳

고단하면 돌아가서 몸을 누이고픈
생의 아랫목

—「슬하」 전문

　'슬하膝下'를 그대로 풀자면 무릎[膝]의 아래[下]를
뜻하지만, 흔히들 부모님의 곁을 의미한다. 하지만 이
짤막한 시에서는 이 두 의미가 함께 움직이고 있다. 그
것을 먼저 열어 보이는 표현은 "여우비가 시큰시큰 몰
려오는 곳"이다. '시큰시큰'이라는 말 속에 수없이 무
릎을 꿇느라 닳고 닳은 부모의 삶이 녹진하게 들어가
있다. 만약, '시큰시큰'이 없었더라면, 이 시는 단순하
게 읽혔을 터이다. 이런 예민한 시적 감각은 3연에서
도 발견된다. 바로 "흐느낌을 받아먹고 통통 붓는 곳".
얼굴이 아니라 무릎이 통통 부어오른다는 이 말은, 곧
장 그 무릎의 둥긂을 떠올리게 한다. 동시에 시를 통
해 유추해 볼 수 있는 검고 메말랐을 부모의 얼굴이
이 무릎의 형상처럼 둥글게 부었다는 것으로 이어진
다. 이와 같은 겹의 감각은, 정용기의 시를 보다 입체
적으로 만들어 주면서 그 의미의 진폭을 열어 보인다.
이는 그다음 「통영은 칠월에 도미회를 뜬다」라는 시에

서도 이어진다. 회로 떠지는 도미와 나의 삶이 교차하면서 구성되는 것이다. 환히 드러난 도미의 등뼈에 내 척추가 아파지는 것, 바닥으로 흘러내린 도미의 내장을 보며 내가 걸어온 길의 이력을 떠올리는 것처럼 말이다. 회로 올리어진 도미의 살점이 "도굴당한 쓸쓸한 유적"으로 보이면서, 시인은 멎는다. 그 살점 앞의 시공간이, 그리고 내 삶의 시공간이 아무것도 없는 쓸쓸한 유적지가 되어 버리기 때문이다. 그렇기에 이 시는 "나에게 무덤덤하게 술잔 건네고자 했으나" 아무것도 하지 못했음을 넌지시 말하고 있다. 왜 시인은 이 겹의 감각을 견지하고자 하는 것일까. 그것은 어쩌면 삶의 균형을 맞추기 위함은 아닐까. 그러지 못할 경우 맞이하게 되는 것은 무얼까.

균형 잃은 삶의 증언

이미 생의 중반을 훌쩍 지나 버린 거야.
그러니까 수평이 무너진 거야.

엊그제까지는
오른쪽에만 주로 무게추를 올려놓았던 거
오른쪽만 따뜻한 아랫목에서 거두어 왔다는 거

너는 알기나 하는 거야?

원쪽을 늘 업신여기고 따돌려서 시르죽어 있었다
는 거

원쪽은 그늘밭이에서 눈칫밥 먹으며 견뎌 왔던 거

너는 알아챈 적이라도 있는 거야?

— 「오십견」 부분

삶을 평탄하게 이루는 것은 균형이다. 이 균형이 무
너지면, 우리는 쓰러질 수밖에 없다. 그것을 막기 위해
기우뚱해진다. 결국 '오십견'이라는, 육체의 고통이 시
작되는 것은, 늙음 때문이 아니라 그 습관의 축적 때
문이라는 발견이 이 시 속에 숨어 있다. 또한 습관이
라는 것은, 무지의 산물임을, 무지가 이 삶의 균형을
무너뜨리고 있음을 말하고 있다. 이 무지의 습관이 가
져오는 비극은 "넥타이가 내 목을 매고 퇴근을 하네"
(「넥타이」)로 정의될 수 있으리라. 저녁이 된들 쉴 수
없는 존재가 되어 버린 것. 도리어 "저녁노을이 핏빛
아픔으로 척추뼈를 마디마디 타고 오르는 시간"이 저
녁인 것으로 말이다. 그리고 고통의 시간은 우리의 육
체를 병들게 한다. 시인은 그 병듦의 증인으로서, 시집
곳곳에 발견되는 병원에 관한, 병든 식구에 관한 시들
(「장마」, 「이화에 월백하고」 등)로서 이를 증언하고 있

다. 그리고 그것들은 오래도록 읽는 이에게 잔상을 남기고 있다. 그리고 증언하는 이는, 이미 그 삶 자체가 증언으로 가득 차게 된다. 증언이 곧 삶이 되는 것. 그리하여 그가 바라보는 모든 시적 대상이 증언의 매개물이 되는 것.

    계단 앞에서 무릎이 꺾이는 저 여자
    느닷없이 무릎에 찔레꽃 피어 화들짝 놀라는 저 여자
    그리하여 일흔 살이 먹먹해지는 저 여자

    이 앙다물고 짓눌러 가면서 자잘한 가시로 키워 온 세월이
오금에 몰려들어 울컥 몸을 뒤채는 밤
저 가시들 들추고 들어가면
남쪽 어디쯤에서 연분홍 아랫목을 만나겠지만,
수십 년 묵은 미련을 걷어내면
자주고름 입에 물던 스무 살에도 닿겠지만,
가시로도 지켜내지 못한
저 누추하고도 환한 폐허여!

연분홍 뒷배가 다 새어 나간 여자의 목덜미를
백난아가 애절하고도 낭랑한 목소리로 달랜다.

관절과 주름의 미세한 굴곡에 숨겨 둔 비망록을

바늘이 찾아내어 백난아가 간드러지게 복기復棋하

는데,

저 여자의 북반구를 잠시 밝히는 쓸쓸한 향기로 보

건대

꽃말은 서너 주전자의 서러움쯤 되겠다.

　　　　　　　　　　　　　　　　—「찔레꽃 백서」 전문

　계단을 미처 오르지 못하고, 꺾여 버린 무릎에서 찔레꽃이 피어난다. 물론 이는 세월 앞에서 무너져 버린 무릎의 통증을 감각적으로 형상화한 것이리라. 하지만 문맥만 따라가자면, 인간의 육체에 꽃이 피어난다는 것은, 이미 그 육체가 죽음에 맞닿아 있다는 것을 말한다. 때문에 이때 사람의 육체에서 발견하게 되는 찔레꽃은, 단순히 통증의 은유만이 아닌 엄습하는 죽음의 은유로 확장된다. 때문에 우리는 "그리하여 일흔 살이 먹먹해지는 저 여자"의 삶에 귀를 기울이게 된다. 어떤 지난한 삶이 있었는지를 상상하게 되고, 그 삶의 여진 속으로 우리의 감정을 싣게 된다. 시인은 그 여인이 겪은 삶의 여정을, "이 앙다물고 짓눌러 가면서 자잘한 가시로 키워 온 세월"이라 정의한다. 그 세월은 오랜 삶의 질곡 속에서 잊혀 있을 테지만, 다시금 떠오를 수밖에 없다. 이미 여인의 육체가 죽음의 은유에 닿았기 때문이다. 그 세월로 인하여 울컥이며 몸을 뒤채게 되고, 젊은 시절을 떠올린들 그것은 가시로도 지켜내지 못할 것들이 된다. 결국 "저 누추하고도 환한 폐허여!"는 여인의 몸을 은유하게 된다. 그 감정을 무엇이라 해야 하나. 시인은 그것을 찔레꽃의 꽃말을 빌려 말한다. "서너 주전자의 서러움"이라고. 물론 이 꽃말은 시인이 스스로 정의한 것으로, 여인이 품고 있을 서러움의 무게를 읽는 이에게 곡진하게 전하고 있다.

「찔레꽃 백서」에서 알 수 있듯 정용기는 시적 대상을 자연과 함께 엮고 펼침으로써 시적 정황을 만들어 나가고 있다. 이는 묘한 균형을 시인에게 부여하는데, 이 균형은 은유를 이루는 취의와 매재가 자연과 엮이고 있기 때문이다. 자연이 아무런 대가 없이 허락해 주는 것, 그리고 그것을 있는 그대로 적어 나가는 것, 그것이 정용기에게는 시의 궁극적 한 형태일 터이다. 그로부터 얻는 것이 바로 직관의 몸짓이기 때문이다. 그것에 대한 기록들이 바로 3부에 놓여 있다.

직관의 몸짓

　　호숫가 휘늘어진 가지들

　　얼음에 갇혀 동안거 수양 정진 중이다

　　온기를 거부하면서 집필에 빠져든 저 단호한 몸짓

　　일렁임도 파문도 없이 서늘한 물의 뼈에 들어

　　질문도 대답도 밀쳐 둔 저 직관의 몸짓으로

　　햇살과 구름의 말을 속으로 가다듬고 있다

　　얼음 밑으로 은밀하게 흐르는 물의 노래를 받아 적고

　　때로는 깜깜한 바닥에서 건져낸 어둠과 내통을 하

면서

　　건져 올린 비의를 차곡차곡 여미기도 한다

　　눈송이의 환호와 찬바람의 질책으로 엮어 가는 줄

거리

　　저 골똘한 경전

　　　　　　　　　　　　　　　　　—「수양버들 봄호」 부분

　시인은 겨우내 얼어붙어 있던 호수에 고개를 떨구
고 있는 수양버들을 보고 있다. 그 끝은 호수와 함께
얼어붙어 있을 것이다. 때문에 얼어붙은 호수와 함께
하는 긴 겨울은 동안거이며, 동시에 수양버들의 잎은
물의 뼈 속에 물 바깥의 풍경을 적어 주는 속기速記의

몸짓을 계속할 터이다. 미처 보이지 않는다고 해도, 얼음장 아래 흐르는 물속에서 흔들리는 수양버들 잎의 움직임을 상상해 보라. 그것은 곧, "직관의 몸짓"을 이룬다. "햇살과 구름의 말을" 물속으로 전하는 몸짓. 시인에게 그것은 경전이다. 그리고 이 경전은 시인이 시를 쓰는 일과 다름이 없다. 시를 쓰는 일 또한 "온기를 거부하"는 것이고, "질문도 대답도 밀쳐" 두고서 그 직관에 몰입하는 것이고, 이를 통하여 "햇살과 구름의 말을" 받아 적는 것이기 때문이다. 동시에 시인 자신의 깊은 내면으로 들어가 "얼음 밑으로 은밀하게 흐르는 물의 노래"를, "어둠과(의) 내통"을 적는 일이다. 외면과 내면을 만나게 하는 일. 그 겹의 감각은 시를 통해서만 얻을 수 있는 것이다. 때문에 시인은 2연에서 "연초록 발자국을 곧 따라 들어가"고 싶다고 말하고 있는 것이다.

이처럼 자연이라는 외부가 시인의 내면에 닿는 순간, 그것들은 근원적인 환상을 불러오기도 한다. "저승에서 잠시 짬을 내어 오신/어머니"를 만나게 되고, 그 어머니가 밥을 짓기 위해 가마솥 가득 담아 놓은 흰 쌀알들은 수없이 흩날리는 벚꽃의 풍경이 되기도 한다.(「벚꽃축제」) 저녁 풍경을 등진 오래된 성곽에서는 집 안으로 사라지는 천오백 년 전 처녀를 보기도 한다.(「공주」) 감자꽃 핀 밭을 보면서 손주를 업고 서성이던 할머니를 떠올리고, 그 할머니가 겪었을 고난의 근대를 떠올리기도 한다.(「감자꽃」) 직관의 몸짓을 통하여 근원적인 환상의 문이 열리고 그 안을 몰래 들여다보는 기쁨이, 이 시들 속에는 있다.

그러나, 시인이 돌고 돌아 다시금 돌아오는 곳은 도시이다. 출구를 알 수 없는 일상을 영위해야 하는 도시의 삶. 가족들이 병들고 죽어 가고 있는 곳. 이 시집의 4부에 놓인 도시의 삶에 대한 시편들은, 그저 자연을 예찬하고 그 품에 삶의 모든 기쁨을 의탁하는 시인들과는 달리, 삶의 노동과 고통의 현장을 잇는 끈을 그가 놓고 있지 않음을 증명하고 있다.

사막과 용서

도시로 돌아온 시인을 기다리고 있는 삶은 무엇일까. 거대한 아파트 단지와, 그것에 쫓겨난 개구리들, 누가 사는지도, 단 한 번도 얼굴을 마주치지도 못한 이웃들과, 로드킬 위험에 처해 있는 고양이들, 대형 슈퍼마켓과, 목숨을 걸고 배달해야 하는 배달 노동자들, 그리고 적자뿐인 가계의 삶. 이곳은 결국 "온갖 쓰레기들의 고상한 고향"이고, "주체 못 할 욕망을 가득 실은 카트"가 오가는 곳이자, 나 또한 이 욕망에 길들여질 수밖에 없기에 역설적으로 "오래오래 머물고 싶"은 곳이기도 하다.(「나는 오늘도 코스트코에 간다」) 여기에서 우리의 삶은 "저 능숙한 속임수"로 무너지고, "교묘한 거짓말로" 질식될 수밖에 없다. 그렇지만 이 속임수와 거짓말은 식당에서 내오는 물티슈처럼 능수능란하다.(「그놈의 물티슈」)

이 도시는 어떻게 될 것인가. 그 너머의 삶은 과연 어떤 모양일 것인가. 시인은 그 미래의 단면을 사막에서 찾는다.

> 고층아파트 단지에 밤이 깊어 가고
> 잠 안 오는 날이 잦고
> 어디선가 마두금 흐느끼는 소리
> 불을 끄고 어둠에 잠기는 주점, 타클라마칸
>
> ——「주점 타클라마칸」 부분

문명이 번성했던 장소는 황폐해진다. 그것은 자연의 섭리이다. 그리고 문명이 지니고 있던 욕망의 크기만큼, 그 장소는 황폐해진다. 이 시에서 시인은 역병과 위험이 가득한 사막을 이야기하고 있지만, 도시의 삶 또한 그와 다르지 않다. 인간의 욕망에 떠밀린 존재들에게, 도시는 사막과도 다름없는 공간이기 때문이다.

이때, 사막과 도시는 동치가 된다. 이 두 장소는 곧 존재 그 자체가 되는 셈이다. 「주점 타클라마칸」이 도시와 사막의 일상을 묘하게 겹쳐 놓은 까닭이다. 「주점 타클라마칸」에서 이 장소를 묘사하며 사용한 단어를 보자. 우중충한 상가, 모래언덕, 목초지, 카우보이, 대상隊商, 모래시계, 텔레비전, 길고양이, 고층아파트 단지 등. 이것들은 사막과 도시를 묘하게 겹쳐 놓고 있으며, 이 겹침은 도시의 삶에 대한 시인의 날카로운 시선 속에서 포착된 것이라 할 수 있다.

다시 처음으로 돌아가 「시인의 말」을 보면, 시인은 용서를 구하고 있다. 이것은 되풀이되는 잘못들에 대한, 그래서 겹겹이 쌓이는 잘못들에 대한 용서이다. 시집의 끝에 이르러 다시 되묻게 된다. 용서를 받을 수 있을 것인가. 온통 사막뿐인 곳에서, 시인이 잠 못 드는 까닭일 것이다. 그것과 상관없이, 이 거대한 도시-사막은 불을 끄고 어둠에 잠기겠지만.

주점 타클라마칸

2022년 12월 09일 1판 1쇄 펴냄
2023년 5월 31일 1판 2쇄 펴냄

지은이	정용기
펴낸이	김성규
편집	김안녕 김도현
디자인	신아영
펴낸곳	걷는사람
주소	서울 마포구 월드컵로16길 51 서교자이빌 304호
전화	02 323 2602
팩스	02 323 2603
등록	2016년 11월 18일 제25100-2016-000083호

ISBN 979-11-92333-51-9 04810

ISBN 979-11-89128-01-2 (세트)